A CEUX

QUI ME LIRONT,

AVEC UNE LETTRE

À M. AUGUSTE FABRE,

PAR

un Étudiant en Médecine.

Hercules sans massue, ils filent lentement
les libertés du peuple aux pieds d'Omphale
qui a tort de les écouter.

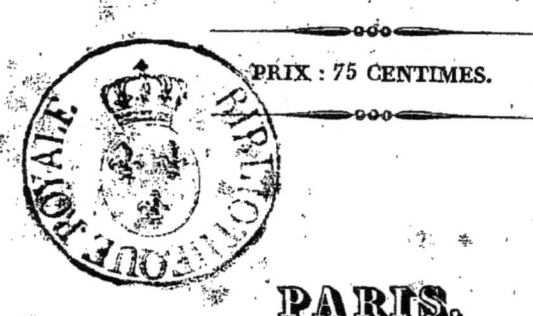

PRIX : 75 CENTIMES.

PARIS,

CHEZ TOUS LES MARCHANDS DE NOUVEAUTÉS,

1831.

PARIS. AUGUSTE MIÉ, IMPRIMEUR,
RUE JOQUELET, n° 9,

Monsieur,

Nous devions trouver les fruits de notre révolution dans nos lois, dans nos mœurs, dans nos institutions, dans notre littérature, dans l'éloquence de la tribune surtout qui est aujourd'hui ou qui plutôt devrait être l'école du peuple français. Nous ne voyons toujours que les traces des balles qui constatent notre belle insurrection, nous ne voyons encore que des géants rapetissés par les travaux d'un peuple qui a marché sans eux et qui se dispose à marcher malgré eux. Nos mœurs, nos lois, nos institutions, tout est arriéré, rien ne peut forcer la consigne d'une vieille Chambre qui dit à tout : *arrêtez !* Les mêmes voix qui dirent *Marchons contre leurs canons,* disent encore: Marchons dans la voie large du bien public, jouissons de tous les droits d'une révolution qui de sujets nous fit citoyens, de libéraux nous fit tous patriotes ! Le portier de la Chambre se redresse, et de toute la voix de ses poumons, il nous crie : Retirez-vous, *tas de voleurs et d'assassins.* Il arrive de là, monsieur, que le peuple déjà songe à se frayer une nouvelle route, ne pouvant pas creuser les bases de son édifice social au pied d'une tribune qui ne lui appartient pas et qui d'ailleurs menace ruine. Il se retire pour exercer ailleurs sa souveraineté, il se retire avec les amis de sa révolution ; de là tous ces mouvemens qui épouvantent les députés, mouvemens terribles qui se passent sans eux et cependant tout près d'eux ; mouvemens qui doivent les emporter, eux, nos vieilles mœurs, nos vieilles institutions, notre vieille tribune, dernière digue de la restauration, qui s'obstine à pleurer sur des ruines. Nous les laisserions tranquilles, monsieur, si nous n'avions besoin de quelques pierres du viel édifice pour en construire un nouveau plus solide, un nouveau plus vaste où tout le peuple puisse aller et vivre commodément. Marius pleurait bien sur les ruines de Carthage, mais si une voix amie avait proposé à ce grand homme de reconstruire Carthage, Marius eût cessé de pleurer, Marius se fût mis au grand œuvre d'une nouvelle Carthage. On ne police pas un peuple en l'insultant, on n'acquiert pas la confiance des brebis en tuant les bergers... Voilà l'opinion d'un jeune homme des écoles qui est patriote, et qui de plus, monsieur, a l'honneur d'être votre compatriote. Les jeunes gens qu'on insulte lisent peu M. Dupin qui improvise, mais ils lisent Montesquieu qui raisonne, J.-J. Rousseau qui pense dans son Contrat social ; ils ont vu la chute d'un trône et ont été les témoins éclairés des causes qui font prospérer ou tomber les empires. Ils ont vu ce que Montesquieu ne fait que peindre de souvenir. Ils ont compris, je crois, ce que MM. de la Chambre ne comprendront jamais....

T. (de l'Ardèche.)

A CEUX

QUI ME LIRONT.

Les étudians furent *peuple* dans les trois journées ; on ne leur contesta pas le droit de se faire tuer pour renverser un gouvernement de tyrannie et de mauvaise foi. Les étudians furent *peuple* de nouveau dans les journées de décembre ; on s'adressa à eux pour faire entendre à ce tas de *voleurs* et d'*assassins* de juillet, une voix amie à des hommes que nous connaissons, à des hommes qui, au jour du péril, partagèrent nos fatigues et notre gloire. Ils étaient citoyens alors ; ils furent sur le champ de bataille, ils furent, après la victoire, les témoins de promesses solennelles. Contens du succès, confians dans la parole des patriotes qui avaient alors le pouvoir, l'étudiant donna le signal de la retraite : il fut entendu par cette population d'ouvriers dont nous fûmes pendant trois jours les généraux ; car, il faut le dire, notre sympathie, notre amitié se contracta dans la rue, parce que c'est là que s'opéra une grande fusion dans les classes de la société ; c'est là que s'établit pour toujours entre nous un accord d'intérêt et de pensées : nous étions sujets d'un roi avant la révolution , la révolution nous fit tous citoyens , avec un roi et des institutions républicaines. Lafayette promit ; son patriotisme fut garant des promesses dont tous les jours nous espérions voir enfin l'accomplissement. Nous nous retirâmes pour laisser les voies libres au gouvernement que nous venions d'établir. La royauté de Charles X avait laissé après elle un abîme de privilèges , d'abus , de vexations. La vengeance peut-être allait le combler avec les cadavres de nos ennemis , la souveraineté du peuple reconnue nous donna l'espoir de tout réparer ; et ce peuple qu'on insulte aujourd'hui n'usa de sa souveraineté que pour tout pardonner ; irrité , il déposa les armes : il ne prit que le droit de faire grâce dans le pouvoir qui venait de tomber des mains d'un inepte tyran. Il a donc commencé son règne comme Néron ; il est à craindre , si on continue à l'irriter, qu'il ne repousse sa première douceur pour revêtir le caractère féroce de cet empereur. Qu'on y songe à deux fois ; le peuple est bon , mais jaloux de ses droits , il aime la bonne foi, c'est le second caractère de sa royauté ; il trouva dans la mauvaise foi du dernier règne l'indignation qui fit sauter en éclats un trône de quinze ans. Le peuple est las d'être trompé ; on aura beau le bercer dans les langes de sa misère , il veillera toujours. Nos gouverneurs rampent devant lui en levant une tête orgueilleuse, prenez garde : c'est Hercule au berceau qui écrase des serpens. Justice n'est pas vengeance. Charles X tombé, le peuple laissa aller paisible jusqu'à la frontière ce vieillard qu'il croyait dupe de la mauvaise foi de ses ministres. Les ministres restèrent seuls sous la main puissante du peuple qui pouvait les écraser ; il allait le faire avec raison ; il allait les juger comme on l'avait jugé lui-même... à coups de fusil. Larmes, plaintes, protestations, ses tyrans n'écoutèrent rien ; sept hommes dans leur folie avaient mis à prix la tête de la France ; trente millions d'hommes hors la loi, la vengeance était justice. Eh bien ! on crie la justice avec ses formes lentes ; ce peuple d'assassins s'apaise ; il arrête, pour réfléchir, les mouvemens d'un cœur indigné, et laisse à une aristocratie qu'il n'aime pas, le soin de toutes ses vengeances. Il assiste comme particulier au jugement de quatre hommes qui pendant trois jours ordonnèrent la mort et le carnage des enfans de leur pays. On se disait alors : la Chambre des pairs condamnera, il y va de son existence politique ; la justice et l'intérêt public le veulent ; elle se dira cette Chambre que le salut du peuple est la première loi ; elle ne voudra pas faire croire, par un arrêt d'absolution, qu'elle ne croit pas à la durée du pouvoir populaire. Il serait impolitique de faire penser qu'elle se ménage un moyen de salut en cas d'événement ; ce serait une insigne lâcheté ; elle se respecte trop, disait-on. Vous savez tout ce qu'il advint. On trouva dans la loi qui devait punir des traîtres, le moyen de les soustraire à la trop juste vengeance du peuple. L'accusation fut faible, la défense fut énergique, l'éloquence détruisit les faits les plus clairs, les plus matériels; la pitié survint avant l'événement terrible qui devait la faire naître dans des cœurs apaisés. La France conserva vivace cette plaie hideuse du despotisme que la révolution nous montra dans toute son horreur. La restauration tire sur nous à bouton marqué, et le pouvoir se découvre tous les jours pour laisser arriver jusqu'à nous une pointe émoussée qui nous irrite et nous blesse. Nous vivons de promesses depuis cinq mois, et déjà les hommes en qui se reposait le peuple, déjà les patriotes ont disparu du pouvoir pour faire place aux amis de la restauration. Le canon ne gronde plus, on semble croire que nous avons épuisé toutes nos cartouches citoyennes; le limon, que le flot populaire avait jeté sur les bords de notre état social, s'anime, trouble la surface, et vient salir notre ouvrage de juillet. Nous crions liberté, on nous répond *ordre public*. Nous parlons de promesses, de garanties, de lois organiques larges, le Cicéron de la Chambre parle de *voleurs* et d'*assassins* : peuple, sois content, paie et ne dis rien; laisse vivre tes ennemis; crois que ceux-là sont tes amis qui, pour tes blessures de juillet, te font guérir à l'Hôtel-Dieu, pour t'envoyer aux travaux forcés des complimens d'une Chambre impopulaire. Nous arri-

vons rapidement aux événemens de décembre , et
à la part que prirent les écoles dans tous les faits
et gestes de cette mémorable journée.

Le vent populaire soufflait, on pouvait craindre
une bourasque terrible ; le peuple ne connaissait
plus ses amis de juillet sous l'habit de garde national, il courait les rues avec ses haillons de sujet,
il semblait qu'il n'avait pas fait encore son appren-
tissage de citoyen ami de la loi... Le despotisme
est encore près de nous , son ombre brunâtre se
reflète de temps en temps sur nous , et nous épou-
vante d'un fantôme sans réalité. C'est ce qui arriva
ce jour-là , c'est ce qui excuse ce peuple mobile
qui aime la liberté, mais qui, peu assuré, croit toujours entendre les pas du despotisme qu'il ne fit
que blesser dans les journées. Enfin la garde était
partout, le peuple était partout ; on pouvait croire
à une lutte prochaine ou à une fusion amicale ; il
fallait quelqu'un pour l'opérer : on choisit les étudians des trois écoles , et le pouvoir ne fut pas
trompé dans son attente de l'ordre public ; une
réunion des écoles eut lieu dans une cour de l'École
polytechnique ; là on nous fit part des intentions
du roi, c'était beaucoup pour nous engager, mais
le peuple comptait sur nous, nous ne pouvions le
calmer qu'en lui donnant l'espérance d'un meilleur
avenir. Un élève de l'École s'avance au milieu de
nous et nous dit à haute voix qu'il a la parole
d'honneur de Lafayette, de Barot, de Dupont de
l'Eure, que nous aurons , après le rétablissement

de l'ordre, toutes les garanties promises, toute la liberté payée de notre sang au Louvre, à Baby-lone, aux Tuileries et à la place de Grève. Une proclamation fut, plus tard, rédigée dans ce sens ; elle se terminait par ces mots: *entre vous et nous, à la vie, à la mort.* Le pouvoir n'eut que le mal de la peur, les étudians partagèrent pour lui toutes les fatigues des gardes nationaux : voilà notre conduite ; jugez entre nous et la Chambre. Nous avons du bon sens pour le peuple, le peuple a de l'amitié pour nous ; nous sommes tous égaux, tous citoyens ; nous parlons raison, patriotisme, et nous ne disposerons jamais des bras de nos conci-toyens que pour servir un roi, ami de notre révolu-tion, et jaloux de nous donner des institutions en harmonie avec nos besoins ; des lois en rapport avec nos intérêts, des garanties qui feront notre force, et la force d'un trône que nous aimons parce qu'il est notre ouvrage, et voilà nos espérances. Voici d'autres réflexions : Notre devise est *Liberté, Ordre public* ; le pouvoir doit se charger de notre liberté, il doit l'organiser sur des bases larges, il ne doit voir en France que des citoyens, alors les citoyens observeront la loi et la protégeront ; c'est nous qui nous chargerons seuls de l'ordre public. Mais il ne faut pas que le pouvoir essaie, avec la moitié de notre drapeau, de nous cacher l'autre moitié qui porte *liberté*, car alors il y aurait déception, et autant vaudrait dire : Peuple, ne re-mue pas, car nous voulons te museler. Le peuple est trop éclairé, on ne peut le tromper avec des

mots sonores ; on aura beau dorer le frein du despotisme, celui qui voudra nous le mettre sera la
première victime. Le roi-citoyen a dit que la
Charte serait désormais une vérité, le peuple de-
mande aussi que sa souveraineté ne soit plus un
vain mot ; un trône populaire veut pour amis les
amis du pays ; le prince aime ceux que le pays
aime, et le peuple aime son prince dans le choix
qu'il sait faire des hommes libres et patriotes. Aujourd'hui, patriotisme vaut mieux que savoir ; un
gouvernement basé sur le peuple ne veut que des
hommes du peuple, et celui qui a perdu sa popularité fait un acte de civisme en se retirant ; s'il
s'obstine à rester il compromet la chose publique,
il devient le but de toutes les haines, il porte au
conseil du prince ou aux délibérations publiques
un amour-propre blessé qui conseille toujours
mal. Il a du patriotisme celui qui sait se retirer
des affaires quand sa popularité l'abandonne ; il y
en a beaucoup à savoir supporter dans la retraite
l'ingratitude des siens. Enfin nous sommes maîtres,
il y a folie à vouloir nous sauver, nous gouverner
malgré nous. Les oies du capitole sauvèrent bien
Rome, mais elles ne demandèrent pas des places
de sénateurs ; nous pouvons accorder à nos sau-
veurs, à l'exemple de Rome, une litière pour les
transporter dans les départemens qui nous les en-
voyèrent. Nous les estimerons très libéraux s'ils
peuvent nous donner vite une loi d'élection large,
qui appelle le plus de citoyens possibles à l'urne

qui doit nous donner de nouveaux mandataires, qui n'auront pas à rougir d'une origine toute plébéienne. Le tort des écoles est donc d'avoir dit ce que tout le monde pense ; elles l'ont dit avec énergie, avec fermeté ; elles ont sans doute le droit que possède tout citoyen de dire hautement ce qu'il pense : vous nous dites : Retournez à vos études ; songez-y donc, c'est vous qui nous tirâtes de l'École pour nous mettre dans les rangs de la garde civique ; vous exigez notre confiance et vous chassez les hommes que nous estimons. Lafayette, ce vieillard que nous respectons tous, est dans la disgrâce d'un pouvoir qu'il façonna de ses mains, qu'il soutint de sa popularité, de ses services, des souvenirs glorieux d'une vie passée dans les rues pour l'honneur et la liberté du peuple ; ce général porte dans son sein le germe des promesses qu'il devait lui-même faire éclore, et vous le chassez ! et vous privez le trône de cet ami de nos libertés ! Ah! si vous saviez quelle douleur nous éprouvâmes tous, pour nous, pour le pays, pour le trône, lorsqu'on nous dit que la Chambre condamnait à l'ostracisme ce citoyen vertueux ; nous dîmes tous: Non, ce n'est pas possible, Lafayette ne peut donner sa démission, Lafayette est l'âme du peuple ; mort, il serait encore au milieu de nous pour nous faire souvenir que l'insurrection est le premier devoir des peuples opprimés, que l'ordre est le premier besoin après une révolution....., il vit par ses principes. Croyez-vous donc que, le

chassant, nous oublierons ses principes qui sont
les nôtres ? croyez-vous qu'en le condamnant à la
retraite vous parviendrez à faire oublier l'homme
des deux-mondes, l'homme de 89, le citoyen de
1830 ? L'histoire a consacré son nom, et vous le
rayez dans votre annuaire. Que la jalousie est
petite dans ses moyens ! Lafayette était la voix du
peuple ; vous voulez donc empêcher le peuple de
s'expliquer par une voix amie ; qu'est advenu ? Le
peuple a parlé, et sa voix, plus forte que le ton-
nerre, vous a glacés d'effroi ; Lafayette se mouvait
pour le peuple, qu'est advenu ? le peuple a fait un
mouvement et vous avez tremblé. Lafayette calmait
les orages populaires ; qu'adviendra-t-il si une
nouvelle crise survient ? quel sera le député qui
viendra faire entendre sa voix dans le tumulte des
voix de tout un peuple ? Lafayette seul savait par-
ler aux masses, parce que seul, peut-être, il avait la
confiance des masses. Je suis donc fâché de le dire,
mais le peuple n'accepte pas la démission de Lafayette ; il peut quitter les insignes de son grade,
nous le reconnaîtrons partout, toujours... on aime
les hommes pour leurs actes ; nous aimions Odillon-
Barot, Dupont ; vous avez dissous ce triumvirat
de patriotisme et d'espérance. Qui dira la vérité
aujourd'hui à un prince digne de l'entendre ? qui
lui fera entendre les demandes et les vœux que
nous formons ? qui portera aux pieds de son trône
les félicitations, les adulations du peuple, les seules
qu'il doit écouter, car dans un pays libre les seuls

courtisans du prince sont les citoyens qu'il rend heureux..., S'il en admet d'autres, il se perd. Quels seront les hommes fermes qui hériteront des places de Lafayette, de Barot, de Dupont? Le corps politique est-il sain , dit Helvétius , les gens de bon sens peuvent être appelés aux grandes places et les remplir dignement. L'état est-il attaqué de quelque maladie, ces mêmes gens de bon sens deviennent alors très dangereux. La médiocrité conserve les choses dans l'état où elle les trouve , ils laissent tout aller comme il va, leur silence dérobe les progrès du mal et s'oppose aux remèdes efficaces qu'on y pourrait apporter....

Ainsi fait sans doute la Chambre, qui au lieu de rechercher la véritable cause des émeutes dans les fausses mesures qu'elle prend, aime mieux en trouver la cause dans l'amour du pillage, dans la soif du sang, dans de prétendues conspirations, dans les machinations de soi-disant carlistes ou prêtres vêtus de blouses et banquiers aux coins d'une borne. Que la Chambre écoute bien, et elle se persuadera vite qu'elle seule fait tout ce bruit qu'elle entend; que la Chambre se persuade bien que son rôle est fini et qu'il ne reste aujourd'hui pour elle qu'un parterre qui sifle sans écouter : elle joue en 1830 les farces de Thespis, et elle se fâche contre les écoles, lorsque le peuple veut renverser le tombereau et les acteurs barbouillés de lie, et revêtus encore des fleurs de lys de Charles...C'est trop fort, vingt fois trop fort. Il est bon peut-être de mettre les écoles aux arrêts, mais il faut aussi mettre laChambre à la retraite absolue; car, je le répète, le peuple ne donnera pas de sitôt sa démission, il veut lui-même choisir ses cochers, et déjà il est descendu du fiacre que mène vide la Chambre des députés qui voudraient encore se servir contre nous du fouet de Charles X.... Philippe a choisi d'autres rênes, celles du dernier règne étaient teintes de sang......

Le fanatique politique croit que le prince doit seulement représenter et soutenir son intérêt privé; il est aussi l'ennemi de la société, et tôt ou tard il doit tomber victime de son aveuglement; car jamais on n'opprime impunément les masses; si la loi est impuissante pour les protéger, elles font tomber des mains du pouvoir le glaive de la force; le peuple le relève, et averti par l'expérience il en émousse la pointe avant de le confier à qui peut toujours s'en servir contre lui. C'est le peuple qui serre la main du prince, c'est lui qui pour son salut lui donne seul la force de soutenir la poignée du pouvoir; il conserve la lame pour abattre d'un coup la main d'un roi parjure et traître à ses sermens; la poignée ne fait que blesser, la lame tue, et pour accomplir une révolution il ne faut que trois jours. Le peuple reste, et le tyran mutilé, banni de son pays, en haine à tous les peuples, va tristement dans les cours offrir pour exemple à ses pareils le moignon sanglant du despotisme vaincu. Il éloigne de lui la pitié ; les blessures faites par le peuple se changent, chez les tyrans, en ulcères hideux dont l'odeur est toujours repoussante; les blessures reçues en combattant pour la liberté sont toutes glorieuses et se cicatrisent vite : le feu qui anime ses enfans empêche les progrès du mal et les rend dans quelques jours à la santé : l'action d'un cœur qui bat pour elle ne s'arrête qu'à la mort. Le despotisme peut tuer quelques membres, le corps survit toujours à ses blessures, il ne vit que plus robuste de la vie du membre amputé. Ils vivront les héros de notre glorieuse révolution, ils vivront pour jouir du triomphe que nous devons à la bravoure du peuple. Tranquilles à l'abri des lois, fiers de l'amour de tous les citoyens, qu'ils reposent en paix à l'ombre des lauriers de leur victoire, nous voulons être et nous serons libres... Malheur aux tyrans !... L'autel de la liberté est aujourd'hui le tombeau où reposent nos frères, c'est là que tous nous irions de nouveau faire le serment de vivre ou mourir libres....

Laissons en paix leurs cendres, ils ont conquis le repos ; mais si le vent du despotisme venait agiter de nouveau les cyprès funèbres de ces tombes, nous nous réveillerions au frémissement..., nous sortirions de leurs blessures les armes qu'y plongea la tyrannie, et, encore couvertes d'un sang précieux, nous abattrions avec elles les satellites du despote. Mes craintes sont chimériques ; semblable à ce roi de l'Écriture, la main du despotisme s'est desséchée en s'étendant sur le peuple. Nous

vivrons heureux et nous sommes déjà sûrs de
vivre libres. La poussière de nos grands hommes
ne sera plus jetée au vent, toutes les gloires auront
un tombeau au Panthéon, ce sera désormais le
temple du génie national ; la vérité aura ses autels
et ses représentans, les reliques de ces nouveaux
saints ne seront plus soustraits à l'admiration gé-
nérale, et le rayon de leur gloire ira continuelle-
ment rechauffer une noble ambition que le fana-
tisme cherchera en vain à étouffer dans le cœur de
citoyens généreux. Notre patrie n'est plus ingrate,
il n'y a plus de Bastille pour Voltaire, le donjon
de Vincennes ne renfermera plus Diderot, c'est
aujourd'hui la demeure des traîtres. Manuel tombe
de la tribune pour passer dans ce temple où l'étranger pourra lire : « Aux grands hommes la patrie re-
connaissante ». C'est l'ostracisme de la mort, mais
cet ostracisme est glorieux ; Foy y sera, et Foy,
vous le savez, fut long-temps l'âme du peuple ; son
cœur battit toujours sous la main du despotisme,
qui avait presque arrêté les mouvemens du nôtre.
Le génie de la superstition a fui de ce lieu pour
rentrer à jamais dans ses abîmes obscurs ; démas-
qué par la philosophie et le patriotisme, il n'a pu
soutenir la faible lumière qui éclaire ce cimetière
des grands hommes. C'est là que, désormais,
l'homme vertueux viendra chercher des leçons ;
c'est là que le génie viendra chercher de pieuses
inspirations, car la mémoire d'un grand homme est
ce feu sacré qui brûle sans le secours des Vestales ;

c'est là que j'irai pour éprouver cette émotion, cette étincelle qui saisit à l'idée d'un grand homme, ce désir de gloire, premier signe d'une grande réputation.... Socrate ne boira plus la ciguë, Galilée n'ira plus expier dans les prisons de l'inquisition, l'honneur d'une découverte sublime ; la justice s'apesantira sur le crime, jamais sur la vertu et le génie de nos grands citoyens ; honorés pendant leur vie, on ne verra plus leur cercueil traîné dans la boue par la main d'infâmes agens ; le talent n'ira plus à Poissy expier les élans d'un patriotisme outragé et non flétri par un arrêt de police correctionnelle ; on ne brisera plus la lyre de nos poètes, et une salle basse et obscure de Sainte-Pélagie ne sera plus à l'avenir le théâtre de leurs accords : redis par tous, leurs chants deviendront populaires : toutes les muses sont françaises, qu'elles soient toutes libres. Un peuple brave et libre a faim de tous les genres d'illustrations ; ayons des lauriers pour couronner les fronts victorieux, ayons toujours un asile pour les victimes du despotisme étranger ; un état doit être avare de ses grands hommes, le tyran seul redoute un front large et brûlant. Qui aime trop son pays n'est jamais mauvais citoyen, et celui qui ose dire la vérité à son prince est bon citoyen partout. Les frères d'infortune de de Potter valent bien ces trois hommes qui s'exilent honteusement, couverts du sang de la patrie ; ils ont besoin, ces hommes et leurs complices, de rider ce front bas qui médita contre nous des

projets parricides. Si le sang qui les couvre ne les
désignait à tous comme les assassins de leur pays,
qu'on les reconnaisse partout à leurs haillons de roi,
à leur stupidité de famille. Laissons la plainte libre
à ceux qu'ils obligèrent quelquefois des deniers pu-
blics, ils ne parviendront pas à nous intéresser à
leurs doléances ; nous connaissons les Bourbons,
et nous les connaissons par leurs faits ; une justi-
fication du moment ne pourrait blanchir que pour
un moment un drapeau couvert de sang ; haïssons-
les, et que l'histoire éternise la honte de leur nom.
Souvenons-nous toujours que plaindre leur sort
serait presque pardonner les actes d'un règne fé-
rocement bigot, notre pitié leur rendrait l'espérance de toucher encore une fois le sol de notre
patrie ; que notre générosité n'aille pas jusqu'à
nous livrer de nouveau à nos ennemis, l'amour de
la liberté est aussi la haine de la tyrannie. Souvenons-nous toujours des journées de juillet. La devise des écoles est : Grand amour pour la liberté
conquise, grande haine pour la tyrannie déchue ;
nous ne voulons plus que Béranger puisse nous
dire : « Et toi, peuple animal, porte encore le
bât féodal. »

Élève de l'École de médecine, je crois avoir
rendu tous les sentimens de mes camarades
indignés comme moi de toutes ces phrases de
Chambre, conspirations, anarchie pour dire
mouvement, carlistes pour dire patriotes, *ordre
public* pour dire défendez nos sottises, factieux

pous dire gens qui ne pensent pas comme nous, *voleurs* et *assasins* pour dire *citoyens*, mot inconnu en certain lieu. Voyez le dictionnaire du jour, vous y trouverez les grands mots de ces MM. qui se disputent les dépouilles de Charles X, et qui sans doute ne laisseront la place au peuple que lorsqu'il n'y aura plus rien à prendre; car les plus grands voleurs, soit dit sans offenser M. Dupin, les plus grands voleurs ne sont pas dans les rues. Ils nous laisseront la boue sur le pavé de Paris qui nous rendit libres en écrasant nos ennemis. Entre nous union et fraternité, respect à la loi, mais à la loi des hommes-libres; respect aux magistrats, mais aux magistrats probes et intègres; respect aux titres, mais aux titres acquis par des services; respect à la chose jugée, mais à la chose bien jugée; respect aux opinions, mais aux opinions qui produisent les actes de l'intérêt général; respect à la force, mais à la force qui agit pour la loi et sans brutalité; respect au mérite, au pratriotisme, sous quelque forme qu'il se présente. Respect même à M. Dupin, avocat.